COMTESSE M. DE NOAILLES

LE COEUR
INNOMBRABLE

« Murmurer ici-bas quelques commencements
Des choses infinies... »

VICTOR HUGO

PARIS
CALMANN LÉVY, ÉDITEUR
3, RUE AUBER, 3

LE CŒUR INNOMBRABLE

PARIS. — IMPRIMERIE CHAIX. — 6914-4-01. — (Encre Lorilleux).

COMTESSE M. DE NOAILLES

LE CŒUR
INNOMBRABLE

« Murmurer ici-bas quelques commencements
Des choses infinies... »
VICTOR HUGO

PARIS
CALMANN LÉVY, ÉDITEUR
3, RUE AUBER, 3

I

« O monde, tout ce que tu m'apportes
est pour moi un bien ! »

MARC AURÈLE

LE PAYS

Ma France, quand on a nourri son cœur latin
     Du lait de votre Gaule,
Quand on a pris sa vie en vous comme le thym
     La fougère et le saule,

Quand on a bien aimé vos forêts et vos eaux,
     L'odeur de vos feuillages,
La couleur de vos jours, le chant de vos oiseaux,
     Dès l'aube de son âge.

Quand amoureux du goût de vos bonnes saisons
Chaudes comme la laine,
On a fixé son âme et bâti sa maison
Au bord de votre Seine,

Quand on n a jamais vu se lever le soleil
Ni la lune renaître
Ailleurs que sur vos champs, que sur vos blés vermeils,
Vos chênes et vos hêtres,

Quand jaloux de goûter le vin de vos pressoirs,
Vos fruits et vos châtaignes,
On a bien médité dans la paix de vos soirs
Les livres de Montaigne,

Quand pendant vos étés luisants, où les lézards
Sont verts comme des fèves
On a senti fleurir les chansons de Ronsard
Au jardin de son rêve,

Quand on a respiré les automnes sereins
    Où coulent vos résines,
Quand on a senti vivre et pleurer dans son sein
    Le cœur de Jean Racine,

Quand votre nom, miroir de toute vérité,
    Émeut comme un visage,
Alors on a conclu avec votre beauté
    Un si fort mariage

Que l'on ne sait plus bien, quand l'azur de votre œil
    Sur le monde flamboie,
Si c'est dans sa tendresse ou bien dans son orgueil
    Qu'on a le plus de joie...

L'OFFRANDE A LA NATURE

Nature au cœur profond sur qui les cieux reposent,
Nul n'aura comme moi si chaudement aimé
La lumière des jours et la douceur des choses
L'eau luisante et la terre où la vie a germé.

La forêt, les étangs et les plaines fécondes
Ont plus touché mes yeux que les regards humains,
Je me suis appuyée à la beauté du monde
Et j'ai tenu l'odeur des saisons dans mes mains.

J'ai porté vos soleils ainsi qu'une couronne
Sur mon front plein d'orgueil et de simplicité,
Mes jeux ont égalé les travaux de l'automne
Et j'ai pleuré d'amour aux bras de vos étés.

Je suis venue à vous sans peur et sans prudence
Vous donnant ma raison pour le bien et le mal,
Ayant pour toute joie et toute connaissance
Votre âme impétueuse aux ruses d'animal.

Comme une fleur ouverte où logent des abeilles
Ma vie a répandu des parfums et des chants,
Et mon cœur matineux est comme une corbeille
Qui vous offre du lierre et des rameaux penchants.

Soumise ainsi que l'onde où l'arbre se reflète
J'ai connu les désirs qui brûlent dans vos soirs
Et qui font naître au cœur des hommes et des bêtes
La belle impatience et le divin vouloir.

Je vous tiens toute vive entre mes bras, Nature,

Ah ! faut-il que mes yeux s'emplissent d'ombre un jour,

Et que j'aille au pays sans vent et sans verdure

Que ne visitent pas la lumière et l'amour...

LE BAISER

Couples fervents et doux, ô troupe printanière !
 Aimez au gré des jours.
— Tout, l'ombre, la chanson, le parfum, la lumière
 Noue et dénoue l'amour.

Épuisez, cependant que vous êtes fidèles,
 La chaude déraison,
Vous ne garderez pas vos amours éternelles
 Jusqu'à l'autre saison.

Le vent qui vient mêler ou disjoindre les branches
    A de moins brusques bonds
Que le désir qui fait que les êtres se penchent
    L'un vers l'autre et s'en vont.

Les frôlements légers des eaux et de la terre,
    Les blés qui vont mûrir,
Ladouleur et la mort sont moins involontaires
    Que le choix du désir.

Joyeux, dans les jardins où l'été vert s'étale
    Vous passez en riant,
Mais les doigts enlacés, ainsi que des pétales
    Iront se défeuillant.

Les yeux dont les regards dansent comme une abeille
    Et tissent des rayons,
Ne se transmettront plus d'une ferveur pareille
    Le miel et l'aiguillon,

Les cœurs ne prendront plus comme deux tourterelles
    L'harmonieux essor,
Vos âmes, âprement, vont s'apaiser entre elles,
    C'est l'amour et la mort...

LE VERGER

Dans le jardin, sucré d'œillets et d'aromates,
Lorsque l'aube a mouillé le serpolet touffu
Et que les lourds frelons, suspendus aux tomates,
Chancellent de rosée et de sève pourvus,

Je viendrai, sous l'azur et la brume flottante,
Ivre du temps vivace et du jour retrouvé,
Mon cœur se dressera comme le coq qui chante
Insatiablement vers le soleil levé.

L'air chaud sera laiteux sur toute la verdure,
Sur l'effort généreux et prudent des semis,
Sur la salade vive et le buis des bordures,
Sur la cosse qui gonfle et qui s'ouvre à demi ;

La terre labourée où mûrissent les graines
Ondulera, joyeuse et douce, à petits flots,
Heureuse de sentir dans sa chair souterraine
Le destin de la vigne et du froment enclos.

Des brugnons roussiront sur leurs feuilles, collées
Au mur où le soleil s'écrase chaudement,
La lumière emplira les étroites allées
Sur qui l'ombre des fleurs est comme un vêtement,

Un goût d'éclosion et de choses juteuses
Montera de la courge humide et du melon,
Midi fera flamber l'herbe silencieuse,
Le jour sera tranquille, inépuisable et long.

Et la maison avec sa toiture d'ardoises,
Laissant sa porte sombre et ses volets ouverts,
Respirera l'odeur des coings et des framboises
Éparse lourdement autour des buissons verts;

Mon cœur, indifférent et doux, aura la pente
Du feuillage flexible et plat des haricots
Sur qui l'eau de la nuit se dépose et serpente
Et coule sans troubler son rêve et son repos.

Je serai libre enfin de crainte et d'amertume,
Lasse comme un jardin sur lequel il a plu,
Calme comme l'étang qui luit dans l'aube et fume;
Je ne souffrirai plus, je ne penserai plus,

Je ne saurai plus rien des choses de ce monde,
Des peines de ma vie et de ma nation,
J'écouterai chanter dans mon âme profonde
L'harmonieuse paix des germinations.

2.

Je n'aurai pas d'orgueil, et je serai pareille
Dans ma candeur nouvelle et ma simplicité
A mon frère le pampre et ma sœur la groseille
Qui sont la jouissance aimable de l'été,

Je serai si sensible et si jointe à la terre
Que je pourrai penser avoir connu la mort,
Et me mêler, vivante, au reposant mystère
Qui nourrit et fleurit les plantes par les corps.

Et ce sera très bon et très juste de croire
Que mes yeux ondoyants sont à ce lin pareils,
Et que mon cœur, ardent et lourd, est cette poire
Qui mûrit doucement sa pelure au soleil...

EXALTATION

Le goût de l'héroïque et du passionnel
Qui flotte autour des corps, des sons, des foules vives,
Touche avec la brûlure et la saveur du sel
Mon cœur tumultueux et mon âme excessive...

Loin des simples travaux et des soucis amers,
J'aspire hardiment la chaude violence
Qui souffle avec le bruit et l'odeur de la mer,
Je suis l'air matinal d'où s'enfuit le silence;

L'aurore qui renaît dans l'éblouissement,
La nature, le bois, les houles de la rue
M'emplissent de leurs cris et de leurs mouvements;
Je suis comme une voile où la brise se rue.

Ah! vivre ainsi les jours qui mènent au tombeau,
Avoir le cœur gonflé comme le fruit qu'on presse
Et qui laisse couler son arome et son eau:
Loger l'espoir fécond et la claire allégresse!

Serrer entre ses bras le monde et ses désirs
Comme un enfant qui tient une bête retorse,
Et qui mordu, saignant, est ivre du plaisir
De sentir contre soi sa chaleur et sa force.

Accoutumer ses yeux, son vouloir et ses mains
A tenter le bonheur que le risque accompagne;
Habiter le sommet des sentiments humains
Où l'air est âpre et vif comme sur la montagne,

Être ainsi que la lune et le soleil levant
Les hôtes du jour d'or et de la nuit limpide:
Être le bois touffu qui lutte dans le vent
Et les flots écumeux que l'ouragan dévide!

La joie et la douleur sont de grands compagnons,
Mon âme qui contient leurs battements farouches
Est comme une pelouse où marchent des lions...
J'ai le goût de l'azur et du vent dans la bouche.

Et c'est aussi l'extase et la pleine vigueur
Que de mourir un soir, vivace, inassouvie,
Lorsque le désir est plus large que le cœur
Et le plaisir plus rude et plus fort que la vie...

LE JARDIN ET LA MAISON

Voici l'heure où le pré, les arbres et les fleurs
Dans l'air dolent et doux soupirent leurs odeurs.

Les baies du lierre obscur où l'ombre se recueille
Sentant venir le soir se couchent dans leurs feuilles,

Le jet d'eau du jardin, qui monte et redescend,
Fait dans le bassin clair son bruit rafraîchissant;

La paisible maison respire au jour qui baisse,
Les petits orangers fleurissant dans leurs caisses

Le feuillage qui boit les vapeurs de l'étang
Lassé des feux du jour s'apaise et se détend,

— Peu à peu la maison entr'ouvre ses fenêtres
Où tout le soir vivant et parfumé pénètre

Et comme elle, penché sur l'horizon, mon cœur
S'emplit d'ombre, de paix, de rêve et de fraîcheur...

LES SAISONS ET L'AMOUR

Le gazon soleilleux est plein
De campanules violettes,
Le jour las et brûlé halète
Et pend aux ailes des moulins.

La nature comme une abeille
Est lourde de miel et d'odeur,
Le vent se berce dans les fleurs
Et tout l'été luisant sommeille.

— O gaieté claire du matin
Où l'âme simple dans sa course,
Est dansante comme une source
Qu'ombragent des brins de plantain,

De lumineuses araignées
Glissent au long d'un fil vermeil,
Le cœur dévide du soleil
Dans la chaleur d'ombre baignée,

— Ivresse des midis profonds,
Coteaux roux où grimpent des chèvres,
Vertige d'appuyer les lèvres
Au vent qui vient de l'horizon;

Chaumières debout dans l'espace
Au milieu des seigles ployés,
Ayant des plants de groseilliers
Devant la porte large et basse...

— Soirs lourds où l'air est assoupi
Où la moisson pleine est penchante
Où l'âme chaude et désirante
Est lasse comme les épis.

Plaisir des aubes de l'automne
Où bondissant d'élans naïfs
Le cœur est comme un buisson vif
Dont toutes les feuilles frissonnent !

Nuits molles de désirs humains,
Corps qui pliez comme des saules,
Mains qui s'attachent aux épaules,
Yeux qui pleurent au creux des mains,

— O rêves des saisons heureuses
Temps où la lune et le soleil
Écument en rayons vermeils
Au bord des âmes amoureuses...

L'EMPREINTE

Je m'appuierai si bien et si fort à la vie,
D'une si rude étreinte et d'un tel serrement
Qu'avant que la douceur du jour me soit ravie
Elle s'échauffera de mon enlacement.

La mer abondamment sur le monde étalée
Gardera dans la route errante de son eau
Le goût de ma douleur qui est âcre et salée
Et sur les jours mouvants roule comme un bateau.

Je laisserai de moi dans le pli des collines
La chaleur de mes yeux qui les ont vu fleurir,
Et la cigale assise aux branches de l'épine
Fera vibrer le cri strident de mon désir.

Dans les champs printaniers la verdure nouvelle
Et le gazon touffu sur le bord des fossés
Sentiront palpiter et fuir comme des ailes
Les ombres de mes mains qui les ont tant pressés.

La nature qui fut ma joie et mon domaine
Respirera dans l'air ma persistante ardeur,
Et sur l'abattement de la tristesse humaine
Je laisserai la forme unique de mon cœur.

ÉVA

Vois, la colline est bleue et déjà l'ombre agile
A sur le blanc chemin répandu ses vapeurs,
Les portes des maisons s'éclairent vers la ville,
— Éva, sois sans orgueil, sans prudence et sans peur.

Le soleil tout le jour a brûlé ta fenêtre,
Tes bras étaient oisifs et ton cœur était lourd,
— Voici l'heure où la force exquise va renaître,
La lune est favorable aux rêveurs de l'amour.

Viens dans le bois feuillu, sous la fraîcheur des branches.
O pleureuse irritée et chaude du désir,
La nature infinie et profonde se penche
Sur ceux qui vont s'unir et souffrir de plaisir.

Vois : c'est pour la joyeuse et grave défaillance
Que l'air est de rosée et d'odeur embué,
Les phalènes légers qui dansent en silence
S'envolent doucement des buissons remués,

Regarde ; la nature, âpre, auguste, éternelle,
Que n'émeut point l'orgueil et le labeur humains,
Palpite dans la nuit et s'éploie comme une aile
Quand l'être cherche l'être au secret des chemins.

Elle qui ne sait pas si sa vigne et ses pommes
Suffiront aux besoins des travailleurs du jour,
Elle tressaille et rit quand les enfants des hommes
Se pressent dans son ombre aux saisons de l'amour.

— Éva, les sucs, le miel, la sève et les résines
Coulent dans le soir clair pour parfumer ton cœur,
Cède au dessein divin du rêve qui chemine :
Voici l'heure où la fleur s'incline sur la fleur.

Les étoiles aux cieux s'allument une à une,
Les feuillages mouvants se frôlent doucement,
Les vagues de la mer se lèvent vers la lune,
La plainte des oiseaux éclate par moment...

— Éva, entre à ton tour dans la saison heureuse,
Baigne ton cœur aux eaux vivaces du destin,
Accepte sans trembler la lutte harmonieuse,
L'abeille du désir ce soir joue sur le thym ;

Vois, le monde infini te contemple et t'espère,
— Sens-tu fluer vers toi les parfums d'alentour, —
Ton corps est cette nuit profond comme la terre,
Ton cœur s'ouvre, s'élance et pleure : c'èst l'amour..

LA JEUNESSE

Tout le plaisir de vivre est tenu dans vos mains
O Jeunesse joyeuse, ardente, printanière,
Autour de qui tournoie l'emportement humain
Comme une abeille autour d'une branche fruitière.

Vous courez dans les champs, et le vol d'un pigeon
Fait plus d'ombre que vous sur l'herbe soleilleuse.
Vos yeux sont verdoyants, pareils à deux bourgeons
Vos pieds ont la douceur des feuilles cotonneuses.

Vous habitez le tronc fécond des cerisiers
Qui reposent sur l'air leurs pesantes ramures,
Votre cœur est léger comme un panier d'osier
Plein de pétales vifs, de tiges et de mûres.

C'est par vous que l'air joue et que le matin rit,
Que l'eau laborieuse ou dolente s'éclaire,
Et que les cœurs sont comme un jardin qui fleurit
Avec ses amandiers et ses roses trémières.

C'est par vous que l'on est vivace et glorieux,
Que l'espoir est entier comme la lune ronde,
Et que la bonne odeur du jour d'été joyeux
Pénètre largement la poitrine profonde.

C'est par vous que l'on est incessamment mêlé
A la chaude, odorante et bruyante nature,
Qu'on est fertile ainsi qu'un champ d'orge et de blé
Beau comme le matin et comme la verdure.

Ah ! jeunesse, pourquoi faut-il que vous passiez
Et que nous demeurions pleins d'ennuis et pleins d'âge
Comme un arbre qui vit sans lierre et sans rosier
Qui souffre sur la route et ne fait plus d'ombrage...

LA MORT FERVENTE

Mourir dans la buée ardente de l'été,
Quand parfumé, penchant et lourd comme une grappe
Le cœur que la rumeur de l'air balance et frappe
S'égrène en douloureuse et douce volupté.

Mourir baignant ses mains aux fraîcheurs du feuillage,
Joignant ses yeux aux yeux fleurissants des bois verts,
Se mêlant à l'antique et naissant univers
Ayant en même temps sa jeunesse et son âge.

S'en aller calmement avec la fin du jour ;
Mourir des flèches d'or du tendre crépuscule,
Sentir que l'âme douce et paisible recule
Vers la terre profonde et l'immortel amour.

S'en aller pour goûter en elle ce mystère
D'être l'herbe, le grain, la chaleur et les eaux,
S'endormir dans la plaine aux verdoyants réseaux,
Mourir pour être encor plus proche de la terre...

O LUMINEUX MATIN

O lumineux matin, jeunesse des journées,
Matin d'or, bourdonnant et vif comme un frelon,
Qui piques chaudement la nature, étonnée
De te revoir après un temps de nuit si long,

Matin, fête de l'herbe et des bonnes rosées,
Rire du vent agile, œil du jour curieux,
Qui regardes les fleurs, par l'ombre reposées
Dans les buissons luisants s'ouvrir comme des yeux,

4.

Heure de bel espoir qui s'ébat dans l'air vierge
Emmêlant les vapeurs, les souffles, les rayons
Où les coteaux herbeux, d'où l'aube blanche émerge,
Sous les trèfles touffus font chanter leurs grillons.

Belle heure où tout mouillé d'avoir bu l'eau vivante
Le frissonnant soleil que la mer a baigné
Éveille brusquement dans les branches mouvantes
Le piaillement joyeux des oiseaux matiniers,

Instant salubre et clair, ô fraîche renaissance,
Gai divertissement des guêpes sur le thym,
— Tu écartes la mort, les ombres, le silence,
L'orage, la fatigue et la peur, cher matin...

L'INQUIET DÉSIR

Voici l'été encor, la chaleur, la clarté,

La renaissance simple et paisible des plantes,

Les matins vifs, les tièdes nuits, les journées lentes,

La joie et le tourment dans l'âme rapportés.

— Voici le temps de rêve et de douce folie

Où le cœur, que l'odeur du jour vient enivrer,

Se livre au tendre ennui de toujours espérer

L'éclosion soudaine et bonne de la vie.

Le cœur monte et s'ébat dans l'air mol et fleuri.

— Mon cœur, qu'attendez-vous de la chaude journée,

Est-ce le clair réveil de l'enfance étonnée

Qui regarde, s'élance, ouvre les mains et rit.

Est-ce l'essor naïf et bondissant des rêves

Qui se blessaient aux chocs de leur emportement,

Est-ce le goût du temps passé, du temps clément,

Où l'âme sans effort sentait monter sa sève?

— Ah! mon cœur, vous n'aurez plus jamais d'autre bien

Que d'espérer l'Amour et les jeux qui l'escortent,

Et vous savez pourtant le mal que vous apporte

Ce dieu tout irrité des combats dont il vient...

LA CITÉ NATALE

Heureux qui dans sa ville, hôte de sa maison,
Dès le matin joyeux et doré de la vie
Goûte aux mêmes endroits le retour des saisons
Et voit ses matinées d'un calme soir suivies.

Fidèles et naïfs comme de beaux pigeons
La lune et le soleil viennent sur sa demeure,
Et pareille au rosier qui s'accroît de bourgeons
Sa vie douce fleurit aux rayons de chaque heure.

Il va, nouant entre eux les surgeons du destin
Mêlant l'âpre ramure et les plus tôt venues,
Et son cœur ordonné est comme son jardin
Plein de nouvelles fleurs sur l'écorce chenue.

Heureux celui qui sait goûter l'ombre et l'amour
De l'ardente cité à ses coteaux fertiles,
Et qui peut, dans la suite innombrable des jours,
Désaltérer son rêve au fleuve de sa ville...

A LA NUIT

Nuit où meurent l'azur, les bruits et les contours,
Où les vives clartés s'éteignent une à une,
O nuit, urne profonde où les cendres du jour
Descendent mollement et dansent à la lune,

Jardin d'épais ombrage, abri des corps déments,
Grand cœur en qui tout rêve et tout désir pénètre
Pour le repos charnel ou l'assouvissement,
Nuit pleine des sommeils et des fautes de l'être.

Nuit propice aux plaisirs, à l'oubli, tour à tour,
Où dans le calme obscur l'âme s'ouvre et tressaille
Comme une fleur à qui le vent porte l'amour,
Ou bien s'abat ainsi qu'un chevreau dans la paille.

Nuit penchée au-dessus des villes et des eaux,
Toi qui regardes l'homme avec tes yeux d'étoiles,
Vois mon cœur bondissant ivre comme un bateau,
Dont le vent rompt le mât et fait claquer la toile.

Regarde, nuit dont l'œil argente les cailloux,
Ce cœur phosphorescent dont la vive brûlure
Éclairerait ainsi que les yeux des hiboux
L'heure sans clair de lune où l'ombre n'est pas sûre.

Vois mon cœur plus rompu, plus lourd et plus amer
Que le rude filet que les pêcheurs nocturnes
Lèvent, plein de poissons, d'algues et d'eau de mer
Dans la brume mouillée agile et taciturne.

A ce cœur si rompu, si amer et si lourd,

Accorde le dormir sans songes et sans peines,

Sauve-le du regret, de l'orgueil, de l'amour,

O pitoyable nuit, mort brève, nuit humaine!..

PAROLES A LA LUNE

La lune, dites-nous si c'est votre plaisir
— O lune cajoleuse —
Que les hommes se plient au gré de vos désirs
Comme la mer houleuse.

Est-ce votre vouloir que ceux qui tout le jour
Furent doux et tranquilles
Succombent dans le soir au péché de l'amour
Par les champs et les villes?

— Les baisers montent-ils vers vous comme de l'eau
    Qui se volatilise,
Pour faire à votre front vaniteux, ce halo
    Dont sa pâleur s'irise?

Est-ce pour vous séduire ou vous désennuyer,
    Quand vous faites la moue,
Que les hommes s'en vont se pendre ou se noyer,
    La lune aux belles joues?

Brillez-vous pour que ceux qui marchent sans souliers,
    Sans joie et sans pécune,
Aient sur les durs chemins des rayons à leurs pieds
    Pendant vos clairs de lune?

Dans les cœurs délaissés, dans les cœurs indigents
    Qui battent par le monde,
Vous laissez-vous tomber comme un écu d'argent
    Parfois, la lune ronde?

O lune qui le soir venez boire aux étangs
    Et vous coucher dans l'herbe,
Quel mal a pu troubler d'un désir haletant
    Votre langueur superbe ?

— C'est d'avoir vu le bouc irrévérencieux
    Et la chèvre amoureuse
S'unir dans la nuit claire et réveiller les cieux
    De leur clameur heureuse.

C'est d'avoir vu Daphnis s'approcher sans détour
    De Chloé favorable...
C'est de sentir monter cette odeur de l'amour
    O lune inviolable !

LA NATURE ET L'HOMME

Nature, je reviens à vous sur toutes choses,
Je vous revois, je vous reprends, je me repose
Comme un promeneur las qui trouve sa maison,
— Je ne veux plus aimer que vos quatre saisons
Qui sont toute la joie et toute l'innocence ;
Nature, rendez-nous les matins de l'enfance ;
La vie était heureuse et pleine de vigueur,
L'air abondant et vif se donnait comme un cœur ;
La route était si grande et pourtant familière,
Au travers des fourrés et des fossés, le lierre

Se traînait pour venir ramper sur le chemin ;

L'herbe fleurie était à la hauteur des mains,

On était près du champ, du sable, des insectes ;

Le buisson de lilas que la rosée humecte

Laissait pleuvoir sur nous ses bourgeons et son eau,

On était un feuillage où chantaient des oiseaux ;

— A force de toucher et d'aimer la verdure

On connaissait très bien toutes les découpures

Des plantes qui luisaient au gazon du jardin.

On était attendri de voir que, sans dédain,

Les arbres supportaient autour des branches torses

Les petites fourmis qui couraient sur l'écorce.

Le bois jetait au loin ses parfums et son bruit ;

Comme les pépins sont enveloppés du fruit

Nos cœurs étaient vêtus de ta chair odorante,

Tu ne faisais pas peur, Nature aux mains offrantes,

Notre candeur plaisait à ta simplicité ;

Tu nous laissais jouer sans crainte avec l'été

Et mordre tes bourgeons, ton herbe, ton feuillage

Comme font les chevreaux qu'on mène au pâturage.

Parfois dans la douceur auguste de ta paix
Une branche de ronce ou de mûrier rompait
Quand nous avions beaucoup parcouru les ravines :
On ne se faisait pas de mal à tes épines,
On pressait contre soi la haie et le buisson
Pour détacher la feuille où le colimaçon
Avait posé sa ronde et luisante coquille.
On cueillait tes pavots, tes bleuets, tes jonquilles,
On croyait que ton ciel et que ton mois de mai
Avait un cœur soigneux et chaud qui nous aimait,
Et que ton âme simple et bonne était encline
A fleurir et verdir les petites collines ;
On vivait confiant et serré contre toi
Comme les nids qui sont au soleil sous les toits...

— Et puis, un jour, j'ai vu comment allait le monde,
J'ai vu que votre tâche était d'être féconde,
Que vous étiez sans cœur, sans amour, sans pitié ;
J'ai voulu détourner de vous mon amitié

Pour venir contempler la conscience humaine.
Je pensais qu'elle était un lumineux domaine
Où fleurissaient la loi clémente et l'équité.
— J'ai connu que le mal emplissait les cités.
Que l'homme était sévère et dur aux misérables,
Que vos bois de sapins et vos bouquets d'érables,
Vos tiges de froment, d'orge et de sarrasin,
La feuille du figuier vivace et du raisin
Faisaient plus d'ombre à l'âme orgueilleuse et blessée
Que le plaisir, que le travail, que la pensée.
— Et je reviens à vous, apaisante splendeur,
Bénissant votre voix et votre bonne odeur.
Saluant vos coteaux, vos plaines nourricières.
Les mousses des sentiers et la douce poussière
Que votre haleine fait voleter sous le ciel.
Voyez de quel désir, de quel amour charnel,
De quel besoin jaloux et vif, de quelle force,
Je respire le goût des champs et des écorces !
— Je vivrai désormais près de vous, contre vous,
Laissant l'herbe couvrir mes mains et mes genoux

Et me vêtir ainsi qu'une fontaine en marbre ;
Mon âme s'emplira de guêpes comme un arbre,
D'échos comme une grotte et d'azur comme l'eau ;
Je sentirai sur moi l'ombre de vos bouleaux ;
Et quand le jour viendra d'aller dans votre terre
Se mêler au fécond et végétal mystère,
Faites que mon cœur soit une baie d'alisier,
Un grain de genièvre, une rose au rosier,
Une grappe à la vigne, une épine à la ronce,
Une corolle ouverte où l'abeille s'enfonce...

L'INNOCENCE

Si tu veux nous ferons notre maison si belle
Que nous y resterons les étés et l'hiver !
-Nous verrons alentour fluer l'eau qui dégèle
Et les arbres jaunis y redevenir verts.

Les jours harmonieux et les saisons heureuses
Passeront sur le bord lumineux du chemin,
Comme de beaux enfants dont les bandes rieuses
S'enlacent en jouant et se tiennent les mains.

Un rosier montera devant notre fenêtre
Pour baptiser le jour de rosée et d'odeur ;
Les dociles troupeaux qu'un enfant mène paître
Répandront sur les champs leur paisible candeur.

Le frivole soleil et la lune pensive
Qui s'enroulent au tronc lisse des peupliers
Refléteront en nous leur âme lasse ou vive
Selon les clairs midis et les soirs familiers.

Nous ferons notre cœur si simple et si crédule
Que les esprits charmants des contes d'autrefois
Reviendront habiter dans les vieilles pendules
Avec des airs secrets, affairés et courtois.

Pendant les soirs d'hiver, pour mieux sentir la flamme,
Nous tâcherons d'avoir un peu froid tous les deux,
Et de grandes clartés nous danseront dans l'âme
A la lueur du bois qui semblera joyeux.

Émus de la douceur que le printemps apporte,

Nous ferons en avril des rêves plus troublants,

— Et l'Amour sagement jouera sur notre porte

Et comptera les jours avec des cailloux blancs.

IL FERA LONGTEMPS CLAIR CE SOIR

Il fera longtemps clair ce soir, les jours allongent.

La rumeur du jour vif se disperse et s'enfuit,

Et les arbres surpris de ne pas voir la nuit

Demeurent éveillés dans le soir blanc, et songent...

Les marronniers, sur l'air plein d'or et de lourdeur,

Répandent leurs parfums et semblent les étendre;

On n'ose pas marcher ni remuer l'air tendre

De peur de déranger le sommeil des odeurs.

6.

De lointains roulements arrivent de la ville...
La poussière qu'un peu de brise soulevait,
Quittant l'arbre mouvant et las qu'elle revêt,
Redescend doucement sur les chemins tranquilles;

Nous avons tous les jours l'habitude de voir
Cette route si simple et si souvent suivie,
Et pourtant quelque chose est changé dans la vie:
Nous n'aurons plus jamais notre âme de ce soir...

LES PARFUMS

Mon cœur est un palais plein de parfums flottants
Qui s'endorment parfois aux plis de ma mémoire,
Et le brusque réveil de leurs bouquets latents
— Sachets glissés au coin de la profonde armoire —
Soulève le linceul de mes plaisirs défunts
Et délie en pleurant leurs tristes bandelettes...
Puissance exquise, dieux évocateurs, parfums,
Laissez fumer vers moi vos riches cassolettes !

Parfum des fleurs d'avril, senteur des fenaisons,
Odeur du premier feu dans les chambres humides,
Aromes épandus dans les vieilles maisons
Et pâmés au velours des tentures rigides;.
Apaisante saveur qui s'échappe du four,
Parfum qui s'alanguit aux sombres reliures,
Souvenir effacé de notre jeune amour
Qui s'éveille et soupire au goût des chevelures;
Fumet du vin qui pousse au blasphème brutal,
Douceur du grain d'encens qui fait qu'on s'humilie,
Extrait de l'iris bleu, poussière de santal,
Parfums exaspérés de la terre amollie;
Souffle des mers chargé de varech et de sel,
Tiède enveloppement de la grange bondée;
Torpeur claustrale éparse aux pages du missel,
Acre ferment du sol qui fume après l'ondée;
Odeur des bois à l'aube et des chauds espaliers,
Enivrante fraîcheur qui coule des lessives,
Baumes vivifiants aux parfums familiers,
Vapeur du thé qui chante en montant aux solives!..

— J'ai dans mon cœur un parc où s'égarent mes maux,

Des vases transparents où le lilas se fane,

Un scapulaire où dort le buis des saints rameaux,

Des flacons de poison et d'essence profane.

Des fruits trop tôt cueillis mûrissent lentement

En un coin retiré sur des nattes de paille,

Et l'arome subtil de leur avortement

Se dégage au travers d'une invisible entaille...

— Et mon fixe regard qui veille dans la nuit

Sait un caveau secret que la myrrhe parfume,

Où mon passé plaintif, pâlissant et réduit,

Est un amas de cendre encor chaude qui fume.

— Je vais buvant l'haleine et les fluidités

Des odorants frissons que le vent éparpille,

Et j'ai fait de mon cœur, aux pieds des voluptés,

Un vase d'Orient où brûle une pastille...

LA JOURNÉE HEUREUSE

Voici que je défaille et tremble de vous voir,

Bel été qui venez jouer et vous asseoir

Dans le jardin feuillu, sous l'arbre et la tonnelle,

— Comme votre douceur sur mon âme ruisselle...

Je retrouve le pré, l'étang, les noyers ronds,

Les rosiers vifs avec leurs vols de moucherons,

Le sapin dont l'écorce est résineuse et chaude ;

Tout le miel de l'été aromatise et rôde

Dans le vent qui se pend aux fleurs comme un essaim

— On voit déjà gonfler et mûrir le raisin ;

L'odeur du blé nombreux se lève de la terre,
Le jour est abondant et pur, l'air désaltère
Comme l'eau que l'on boit à l'ombre dans les puits,
Le jardin se repose, enfermé dans son buis...
— Ah ! moment délicat et tendre de l'année,
Je vais vous respirer tout au long des journées
Et presser sur mon cœur les moissons du chemin ;
Je vais aller goûter et prendre dans mes mains
Le bois, les sources d'eaux, la haie et ses épines ;
— Et, lorsque sur le bord rosissant des collines
Vous irez descendant et mourant, beau soleil,
Je reviendrai, suivant dans l'air calme et vermeil
La route du silence et de l'odeur fruitière,
Au potager fleuri, plein d'herbes familières,
Heureuse de trouver, au cher instant du soir,
Le jardin sommeillant, l'eau fraîche, et l'arrosoir...

LA VIE PROFONDE

Être dans la nature ainsi qu'un arbre humain,
Étendre ses désirs comme un profond feuillage,
Et sentir, par la nuit paisible et par l'orage,
La sève universelle affluer dans ses mains.

Vivre, avoir les rayons du soleil sur la face,
Boire le sel ardent des embruns et des pleurs
Et goûter chaudement la joie et la douleur
Qui font une buée humaine dans l'espace.

Sentir dans son cœur vif l'air, le feu et le sang
Tourbillonner ainsi que le vent sur la terre :
— S'élever au réel et pencher au mystère,
Être le jour qui monte et l'ombre qui descend.

Comme du pourpre soir aux couleurs de cerise
Laisser du cœur vermeil couler la flamme et l'eau,
Et comme l'aube claire appuyée au coteau
Avoir l'âme qui rêve, au bord du monde assise...

SOIR D'ÉTÉ

Une tendre langueur s'étire dans l'espace ;
Sens-tu monter vers toi l'odeur de l'herbe lasse ?
Le vent mouillé du soir attriste le jardin ;
L'eau frissonne et s'écaille aux vagues du bassin
Et les choses ont l'air d'être toutes peureuses ;
Une étrange saveur vient des tiges juteuses.
Ta main retient la mienne, et pourtant tu sens bien
Que le mal de mon rêve et la douceur du tien
Nous ont fait brusquement étrangers l'un à l'autre ;
Quel cœur inconscient et faible que le nôtre !...

Les feuilles qui jouaient dans les arbres ont froid :

Vois-les se replier et trembler, l'ombre croît,

Ces fleurs ont un parfum aigu comme une lame...

Le douloureux passé se lève dans mon âme,

Et des fantômes chers marchent autour de toi.

L'hiver était meilleur, il me semble; pourquoi

Faut-il que le printemps incessamment renaisse?

Comme elle sera simple et brève, la jeunesse!...

Tout l'amour que l'on veut ne tient pas dans les mains;

Il en reste toujours aux choses du chemin.

Viens, rentrons dans le calme obscur des chambres douces;

Tu vois comme l'été durement nous repousse;

Là-bas nous trouverons un peu de paix tous deux.

— Mais l'odeur de l'été reste dans tes cheveux

Et la langueur du jour en mon âme persiste :

Où pourrions-nous aller pour nous sentir moins tristes?...

LES PAYSAGES

Les paysages froids sont des chants de Noëls.

Et les jardins de mai de languides romances

Qui chantent galamment les péchés véniels

Et mènent les amants à de douces clémences...

Les paysages froids sont des chants de Noëls.

Les bouquets de palmiers et les fleurs de grenades,

Évaporant dans l'air leurs capiteux flacons,

Donnent au soir venant d'ardentes sérénades

Qui retiennent longtemps les filles aux balcons...

Les bouquets de palmiers et les fleurs de grenades!

7.

Le charme désolé du paysage roux
Soupire un air connu des vieilles épinettes ;
La grive se déchire aux dards tranchants des houx
Et le corail pâlit aux épines-vinettes...
Le charme désolé du paysage roux !

Le feuillage éperdu des sites romantiques,
Où la lune dans l'eau se coule mollement,
Élance vers le ciel en de vibrants cantiques
Le mensonge éternel de l'amoureux serment...
Le feuillage éperdu des sites romantiques !

Et le riré éclatant des paysages blonds
Court sur l'eau des ruisseaux dans le maïs des plaines
Et fait tourbillonner les grappes de houblons
Et les abeilles d'or autour des ruches pleines...
Le rire ensoleillé des paysages blonds !

LE CŒUR

Mon cœur tendu de lierre odorant et de treille
Vous êtes un jardin où les quatre saisons
Tenant du buis nouveau, des grappes de groseilles
Et des pommes de pin dansent sur le gazon...
— Sous les poiriers noueux couverts de feuilles vives
Vous êtes le coteau qui regarde la mer,
Ivre d'ouïr chanter quand le matin arrive
La cigale collée au brin de menthe amer.

— Vous êtes un vallon escarpé ; la nature

Tapisse votre espace et votre profondeur

De mousse délicate et de fraîche verdure.

— Vous êtes dans votre humble et pastorale odeur

Le verger fleurissant et le gai pâturage

Où les joyeux troupeaux et les pigeons dolents

Broutent au chèvrefeuille ou lissent leur plumage.

— Et vous êtes aussi, cœur grave et violent,

La chaude, spacieuse et prudente demeure

Pleine de vins, de miel, de farine et de riz,

Ouverte au bon parfum des saisons et des heures,

Où la tendresse humaine habite et se nourrit...

L'AMOUREUX ÉTÉ

J'ai ce désir qu'à l'heure ardente de ce mois
Le bois frais et touffu se serre autour de moi
Et m'emplisse les mains de sucs et de verdure ;
— Ah ! sentir sur son cœur s'abattre la nature !
Boire le miel léger des calices profonds
Comme l'abeille d'or et les insectes font,
Prendre pour vêtement quand la chaleur arrive,
L'ombre qui se balance au gré des feuilles vives,
Baiser l'air, goûter l'eau glissante, avoir le cœur
Simple et chaud comme un fruit qui donne son odeur.

Respirer librement sur les feuilleuses branches
Le parfum des bourgeons et de l'épine blanche,
Sentir le bois vivant se mêler à son corps
Et mourir d'un si doux et si profond accord...

L'AUTOMNE

Voici venu le froid radieux de septembre :
Le vent voudrait entrer et jouer dans les chambres;
Mais la maison a l'air sévère, ce matin,
Et le laisse dehors qui sanglote au jardin.

Comme toutes les voix de l'été se sont tues!
Pourquoi ne met-on pas de mantes aux statues?
Tout est transi, tout tremble et tout a peur; je crois
Que la bise grelotte et que l'eau même a froid.

Les feuilles dans le vent courent comme des folles ;
Elles voudraient aller où les oiseaux s'envolent,
Mais le vent les reprend et barre leur chemin :
Elles iront mourir sur les étangs demain.

Le silence est léger et calme ; par minute
Le vent passe au travers comme un joueur de flûte,
Et puis tout redevient encor silencieux,
Et l'Amour qui jouait sous la bonté des cieux

S'en revient pour chauffer devant le feu qui flambe
Ses mains pleines de froid et ses frileuses jambes,
Et la vieille maison qu'il va transfigurer
Tressaille et s'attendrit de le sentir entrer...

L'HIVER

C'est l'hiver sans parfum ni chants...
Dans le pré, des brins de verdure
Percent de leurs jets fléchissants
La neige étincelante et dure...

Quelques buissons gardent encor
Des feuilles jaunes et cassantes
Que le vent âpre et rude mord
Comme font les chèvres grimpantes.

Et les arbres silencieux
Que toute cette neige isole
Ont cessé de se faire entre eux
Leurs confidences bénévoles...

— Bois feuillus qui, pendant l'été,
Au chaud des feuilles cotonneuses
Avez connu les voluptés
Et les cris des huppes chanteuses.

Vous qui dans la douce saison
Respiriez la senteur des gommes,
Vous frissonnez à l'horizon
Avec des gestes qu'ont les hommes.

Vous êtes las, vous êtes nus,
Plus rien dans l'air ne vous protège,
Et vos cœurs tendres ou chenus
Se désespèrent sur la neige.

— Et près de vous, frère orgueilleux,
Le sapin où le soleil brille
Balance les fruits écailleux
Qui luisent entre ses aiguilles...

LA VIE RUSTIQUE

Allez, que la douceur habite vos maisons,
Soyez dans la bonté des jours qui vont renaître
Riches comme un village au retour des moissons
Joyeux comme les pots de fleurs sur la fenêtre.

Que l'épouse au front clair qui pour vous délia,
Sa ceinture de lin, soit dans vos bras novices
Chaste comme Chloé, grave comme Lia
Et tendre comme était la reine Bérénice...

8.

Que votre cœur soit vif et chaud comme un oiseau,
Que vos enfants, nombreux comme les grains des vignes,
Aient la vigueur de l'arbre et la grâce des eaux
Où séjournent l'ablette argentine et les cygnes.

Honorez vos jardins, vos granges et vos puits,
Les abeilles qui font du miel sur la colline,
Les potagers avec leurs bordures de buis,
Le blé que l'aube lève et que la nuit incline.

Faites fleurir le temps aux rameaux du passé,
Et que vos jours légers que le soleil avive
Soient comme une corbeille où montent entassés
Des feuilles, des raisins, des noix et des olives...

Si votre corps est las et votre cœur amer
D'avoir considéré les travaux et les heures,
Laissez tomber vos bras et regardez la mer
En qui l'azur profond se nourrit et demeure :

Au réveil du matin, soyez comme les champs
Où tout germe, fleurit, se colore et parfume ;
Le soir, restez debout, tournés vers le couchant
Attentifs, entourés de rayons et de brume.

Soyez pleins d'horizon, de silence et d'ardeur
Comme un désert brûlant qu'un sable chaud arrose,
— Et le mourant soleil descendra dans vos cœurs
Quand l'ombre est violette et que la mer est rose...

II

« L'antiquité est la jeunesse
du monde. »

TAINE

OFFRANDE A PAN

Cette tasse de bois, noire comme un pépin,
Où j'ai su, d'une lame insinuante et dure
Sculpter habilement la feuille du raisin
Avec son pli, ses nœuds, sa vrille et sa frisure,

Je la consacre à Pan, en souvenir du jour
Où le berger Damis m'arrachant cette tasse
Après que j'y eus bu vint y boire à son tour
En riant de me voir rougir de son audace.

Ne sachant où trouver l'autel du dieu cornu,

Je laisse mon offrande au creux de cette roche,

— Mais maintenant mon cœur a le goût continu

D'un baiser plus profond, plus durable et plus proche...

L'IMAGE

Pauvre faune qui va mourir
Reflète-moi dans tes prunelles
Et fais danser mon souvenir
Entre les ombres éternelles.

Va, et dis à ces morts pensifs
A qui mes jeux auraient su plaire
Que je rêve d'eux sous les ifs
Où je passe petite et claire.

Tu leur diras l'air de mon front
Et ses bandelettes de laine,
Ma bouche étroite et mes doigts ronds
Qui sentent l'herbe et le troène,

Tu diras mes gestes légers
Qui se déplacent comme l'ombre
Que balancent dans les vergers
Les feuilles vives et sans nombre,

Tu leur diras que j'ai souvent
Les paupières lasses et lentes
Qu'au soir je danse et que le vent
Dérange ma robe traînante,

Tu leur diras que je m'endors
Mes bras nus pliés sous ma tête,
Que ma chair est comme de l'or
Autour des veines violettes;

— Dis-leur comme ils sont doux à voir
Mes cheveux bleus comme des prunes,
Mes pieds pareils à des miroirs
Et mes deux yeux couleur de lune,

Et dis-leur que dans les soirs lourds,
Couchée au bord frais des fontaines,
J'eus le désir de leurs amours
Et j'ai pressé leurs ombres vaines...

L'AMOUR

Amour, qui dès l'aube du temps
Flottais sur la terre et les eaux;
Toi qui, dans l'arbre et dans l'étang,
Meus les poissons et les oiseaux.

Toi qui dans la forêt mouvante
Troubles la sève sous l'écorce,
Et joins, aux heures violentes,
La soumission et la force.

Au delà du bien et du mal
Mènes les cœurs phosphorescents,
Amour au regard d'animal,
O dieu des âmes et du sang...

L'APPEL

Priape, dieu clément qui fleuris les vergers,
Je te consacre, afin que tu veuilles m'entendre,
Des bouquets de persil, des feuilles d'orangers
Et la première cosse où gonflent les pois tendres...

Toi qui ris aux amants dans le fond des jardins,
Mènes vers moi Daphnis, le chevrier farouche :
Jaloux du cours égal de mes calmes destins,
Eros a tendu l'arc meurtrier de sa bouche.

Pourquoi ne vient-il pas comme d'autres bergers
Suspendre à ma maison des branches d'hyacinthe?
Nul avant lui n'aurait d'un caprice léger
Dénoué le ruban dont ma tunique est ceinte.

— Daphnis, si tu voulais, sur le chaud de midi
Tu m'aimerais tandis que tes chèvres vont paître,
Je rirais de plaisir sous ton baiser hardi
Et nous boirions ensemble à ma tasse de hêtre.

Regarde! mes pieds nus sont comme deux pigeons
Posés légèrement au bord de mes sandales;
Mes bras luisants, polis et pareils à des joncs,
Ont la fine senteur des huiles végétales.

Vois mes agneaux laineux : de leurs belles toisons
Nous ferons une couche à nos baisers offerte;
Nous compterons les mois à l'odeur des saisons,
Au parfum des fruits mûrs et des roses ouvertes.

— O joueur de syrinx! quand le soir violet
Endormira tantôt la cigale sonore,
Viens instruire mon cœur au fond du bois muet,
Des mystères charmants que ma jeunesse ignore;

Et demain au matin, par les sentiers mouillés,
Afin d'honorer mieux la nuit initiale,
Nous irons, les bras pleins de bouquets déliés,
Porter à Priapos l'offrande prairiale.

OFFRANDE A KYPRIS

Clarté du temps, Kypris au sourire innombrable
Je t'offre, afin qu'aux bras du berger, aujourd'hui,
Je demeure joyeuse, ardente et désirable,
Ma lampe, confidente aimable de la nuit.

— Vois, je t'apporte aussi ces herbes odorantes;
La sauge humide où boit l'abeille dans l'été,
Et le cerfeuil plus frais aux mains que l'eau courante
Mêleront leurs parfums d'onde et de crudité.

Mon sein est puéril, mais mon cœur est farouche,
Damétas le sait bien à l'heure de l'accord,
Car la flûte est moins vive et chaude sur sa bouche
Que ne l'est mon baiser qui s'appuie et qui mord.

Le soleil de midi couché dans la luzerne
S'abat moins lourdement sur la plaine et les champs
Que ne pèse l'amour sur les corps qu'il gouverne
De son désir jaloux et de ses jeux méchants...

La paix des jours légers et doux s'en est allée ;
— O Vénus Cypria qui naquis de la mer
Je t'offre à toi qui prends plaisir aux eaux salées
Les larmes de ma joue et de mon cœur amer...

RHODOCLEIA

Rhodocleia, penchée aux buissons du chemin,
Emplissait de feuillage et de baies sa corbeille,
Quand le berger Hylas lui a mordu la main
D'un baiser plus cuisant que le dard de l'abeille.

Elle a senti glisser jusqu'au fond de son cœur
L'aiguillon et le miel de la rude caresse,
Et les pas chancelants de plaisir et de peur
Elle a marché longtemps dans la luzerne épaisse.

Et quand elle est rentrée à la maison, le soir,
Son cœur était si lourd et si chaud dans sa gorge
Qu'elle a dû regagner sa couche sans s'asseoir
Autour du plat de noix, de châtaignes et d'orge.

Ce repas odorant qu'elle n'a pu manger
— Pensant que c'est ainsi que l'amour se révèle —
Rhodocleia qu'émut le baiser du berger
L'offre pieusement à Vénus immortelle...

HÉBÉ

O fille de Junon, Jeunesse aux pieds légers
Qui verses le nectar savoureux dans les coupes,
Toi qui descends du ciel vers les humbles bergers
Et joins les bras tremblants des amants que tu groupes,

Déesse aux yeux rieurs comme l'aube d'avril
Compagne de l'aurore à la robe irisée,
Dont le corps vigoureux et le front puéril
Sont couverts de lin blanc et de claire rosée,

Belle proie indocile ou molle du sommeil,
Toi que l'amour lutine et baise sur les joues
Si fort que ton visage en est encore vermeil,
Et qui mêles la ruse aux grâces quand tu joues,

— Salut, divinité riante du matin !
Répands à pleines mains tes roses éphémères
Et ne détourne point ton visage mutin ;
Préserve-nous du mal des vieillesses amères !

Quand tu verras venir les approches du soir,
Ne défais pas nos bras noués à ton épaule ;
Avant que le raisin soit mûr pour le pressoir,
Couche nos jeunes corps sous les feuilles du saule ;

Et j'abandonnerai sans plainte et sans effort
Tes odorants jardins où le soleil ruisselle,
Pour m'en aller tranquille aux plaines de la mort,
— La mort, ta sœur auguste, apaisée et fidèle !

L'ENFANT EROS

Enfant Erôs qui joues à l'ombre des surgeons
    Et bois aux sources claires,
Toi qui nourris ainsi qu'un couple de pigeons
    L'amour et la colère,

Passe sans t'arrêter au seuil de ma maison,
    N'entre pas cette année :
Mon âme des amours qu'elle eût l'autre saison
    Est encore étonnée.

10.

Car tu mêles au miel des baisers appuyés
            Sur les lèvres jalouses
La haine amère ainsi que le fruit du sorbier,
            La haine acide et rouge...

LES NYMPHES

Lorsque j'aurai cessé dans la vie infidèle
De respirer le jour, les feuilles et les eaux,
Je laisserai mon ombre aux nymphes immortelles,
A Rhodope, à Mélite, à la tendre Praxô.

Elles viendront, les trois joueuses de théorbe,
Se suspendre à mes mains comme du pampre vert;
L'odeur du poivrier, du lentisque et des sorbes
Coulera mollement de leurs cheveux ouverts.

Elles m'emmèneront vers l'Hellade sonore
Par le pré plein d'ajoncs, de rosée et de thym,
Leurs robes de safran seront comme l'aurore
Qui se traîne et qui luit sur l'herbe des jardins ;

Dans les chemins étroits, que des ruches de paille
Emplissent du parfum de la cire et du miel,
Elles s'approcheront du potier qui travaille
Pour goûter avec lui aux mets habituels.

Lorsque le vent du soir fera plier les saules
Et rentrer les troupeaux aux portes des maisons,
Nous presserons nos mains et joindrons nos épaules
Comme font pour danser les Jours et les Saisons...

— Elles me conteront le rustique mystère
Des noces de la lune avec le beau berger,
La jeunesse du temps à l'aube de la terre,
L'ivresse du vin grec et de l'amour léger.

Nos jeux seront plaisants, et quand la nuit agile

Parcourra le chemin des monts et des coteaux,

Elles allumeront une lampe d'argile

Et baigneront leurs bras de baumes végétaux,

Et penchant sur leurs seins mon corps tendre qui ploie

Elles consacreront à Minerve aux joues d'or

Cet immortel désir de sagesse et de joie

Dont mon cœur large et vif est empli jusqu'au bord...

BITTÔ

Le bourdonnant été, doré comme du miel,
Parfumé de citrons, de résine et de menthe,
Balance au vent sucré son rêve sensuel
Et baigne son visage au clair de l'eau dormante.

Les pesants papillons ont alangui les fleurs,
Le cytise odorant et la belle mélisse
Infusent doucement dans la grande chaleur,
Le soleil joue et luit sur les écorces lisses;

Les branches des sureaux et des figuiers mûris
S'emplissent du remous des abeilles fidèles...
Comme le jour est gai, comme la plaine rit !
Les prés chauds et roussis crépitent d'un bruit d'ailes.

Voici qu'on voit venir, le soleil sur les yeux,
La petite Bittô, la danseuse aux crotales ;
La blancheur du chemin plaît à ses pieds joyeux
Que la poussière brûle au travers des sandales.

Son voile est de lin vert comme un nouveau raisin,
Sa robe est attachée à son épaule frêle,
La beauté du matin enorgueillit son sein
Et son cœur est content comme une sauterelle.

Ses boîtes de parfums et son petit miroir
Font un bruit de cailloux au fond de sa corbeille ;
Elle danse en marchant et s'amuse de voir,
Des bords de chaque fleur, s'envoler des abeilles,

— Ah! Bittô, quel désir mène tes pieds distraits

Aux dangereux sentiers de la campagne ardente?

D'invisibles Erôs habitent les forêts

Et des poisons subtils montent du cœur des plantes :

Retourne te mêler aux travaux du matin,

Car l'heure de midi promptement s'achemine,

Ou bien va regarder dans ton petit jardin

Si la nuit a mûri les vertes aubergines...

Mais, rieuse et nouant ses deux mains à son cou,

Bittô n'écoute pas les prudentes paroles;

Le vent joueur s'enroule autour de ses genoux

Et fait un bruit soyeux comme un ruban qui vole;

Le baume végétal qui flotte dans l'air bleu

Enduit d'un miel léger son âme complaisante :

Elle vient, au travers des épis onduleux,

S'asseoir près d'un étang où rêve l'eau luisante.

Avides de s'unir au glorieux été,

La pivoine touffue et l'anémone rose

Se pâment de désir et semblent rejeter

Le lâche vêtement des corolles décloses.

— Quelle silencieuse et palpitante ardeur

Rôde autour de vos pieds, vous guette et vous accueille,

Bittô? Le soleil gonfle et mûrit votre cœur;

Votre cœur est tremblant comme un buisson de feuilles.

Du flanc de la colline où le cassis bleuit

Voici Criton qui vient faire boire ses chèvres

A l'étang où Bittô sous la feuille qui luit

S'amuse à retenir l'eau vive entre ses lèvres.

Il s'est approché d'elle, il lui dit : « Ma Bittô,

Prends ce fromage blanc et rond comme la lune,

La noix que j'ai sculptée au bout de mon couteau

Et le panier de jonc où je mettais mes prunes. »

Il lui fait de hardis et timides serments,

Il l'entoure, il la presse, il tient ses mains, il joue...

— Et Bittô, déjà lasse et faible infiniment

Se couche dans ses bras et lui baise la joue...

*
* *

Comme elle est grave et pâle après l'âpre union !

— O vous dont la pudeur tristement fut surprise,

Tendre corps plein de trouble et de confusion,

Bittô, je vous dirai votre grande méprise :

Le rude et lourd baiser dont parlent les chansons

Ne guérit pas le mal dont vous étiez atteinte ;

Votre langueur venait de la verte saison

Du parfum des mûriers et des chauds térébinthes.

Pensant vous délasser d'un tourment inconnu

Qui vous venait des champs, des feuilles, de la terre,

Vous avez sans prudence attaché vos bras nus

Au cou du chevrier dont l'étreinte est amère ;

Amoureuse du jour vivant et de clarté,
Vous avez cru pouvoir apaiser sur sa bouche,
Diseuse de mensonge et de frivolités,
Votre désir de l'air, des fleurs, de l'eau farouche ;

Sentant que votre cœur, si lourd et si dolent,
Pesait à votre sein comme un nid aux ramures,
Vous avez cru qu'aux mains du berger violent
Il pourrait s'effeuiller comme une rose mûre...

Ah ! Bittô, quelle ardeur et quelle volupté
Auraient donc pu guérir votre malaise insigne ?
— L'amant que vous vouliez, c'était le tendre Été
Saturé d'aromate et de l'odeur des vignes !

III

« Nostre raison qui préside au courage. »
RONSARD

LA CONSCIENCE

Incorruptible azur, déesse lumineuse,
Puisque vous avez bien voulu me visiter
Je remettrai mon cœur entre vos mains soigneuses
Pour que vous le guidiez, par les nuits ténébreuses
Au chemin de l'exacte et claire vérité.

Avant que vous vinssiez, ma grande camarade,
Ma vie était encore, à son tendre levant,
Amoureuse d'éclat, de lustre et de parade
Comme un cygne qui fuit l'eau sage de la rade
Pour monter sur la mer et danser dans le vent.

L'essaim voluptueux des heures turbulentes
Venait, en bondissant, à moi comme un chevreuil ;
J'ai détourné mes yeux de leur foule galante
Et j'ai guéri pour vous mon âme violente
Du péché de colère et du péché d'orgueil.

Vous serez dans mon cœur comme une forteresse
Et je serai l'archer qui veille dans la tour,
Vous serez au pays profond de ma tendresse,
Entre les jardins verts de mes fines ivresses
La route de soleil sans ombre et sans détour.

O vous dont la pudeur est peureuse et fragile
Vous serez dans mon cœur belle comme un lac bleu,
Et vous verrez passer sur votre onde tranquille,
Pareils à des pigeons dont la blancheur défile,
Mes désirs obstinés, vaillants et scrupuleux...

VOIX INTÉRIEURE

Mon âme, quels ennuis vous donnent de l'humeur?
Le vivre vous chagrine et le mourir vous fâche.
Pourtant, vous n'aurez point au monde d'autre tâche
Que d'être objet qui vit, qui jouit et qui meurt.

Mon âme, aimez la vie, auguste, âpre ou futile,
Aimez tout le labeur et tout l'effort humains,
Que la vérité soit, vivace entre vos mains,
Une lampe toujours par vos soins pleine d'huile.

Aimez l'oiseau, la fleur, l'odeur de la forêt,
Le gai bourdonnement de la cité qui chante,
Le plaisir de n'avoir pas de haine méchante,
Pas de malicieux et ténébreux secret.

Aimez la mort aussi, votre bonne patronne,
Par qui votre désir de toutes choses croît
Et, comme un beau jardin qui s'éveille du froid,
Remonte dans l'azur, reverdit et fleuronne;

— L'hospitalière mort aux genoux reposants
Dans la douceur desquels notre néant se pâme,
Et qui vous bercera d'un geste, ma chère âme,
Inconcevablement éternel et plaisant...

L'ORGUEIL

Bel orgueil qui logez au sein des âmes hautes
Et qui soufflez ainsi que le vent dans les tours,
Afin qu'aujourd'hui soit sans détresse et sans fautes
Bandez mon cœur penchant contre l'ombre et l'amour.

Faites que mon cœur soit héroïque et vivace
Et porte sans plier le poids des yeux humains,
Mettez votre clarté paisible sur ma face
Et votre force rude et chaude dans mes mains.

Demeurez, bel orgueil, afin que je connaisse
En ce jour où je sens défaillir mes genoux
Et mon âme mourir de rêve et de faiblesse
L'auguste isolement de me mêler à vous...

A SOI-MÊME

Mon cœur, plein de douceur et plein d'étonnement,
Cessez de vous mêler à la foule des hommes,
Leurs cris passent vos sens et votre entendement;
Demeurons l'être simple et tendre que nous sommes...

Craignez les jeux cruels qu'on mène en leurs maisons,
Ils vous détourneraient de la sainte nature,
De l'odeur des jardins et du goût des saisons;
Aimez ce qui renaît, ce qui chante et qui dure.

12

Vivez sans rechercher leur amère union,
Respirez au milieu des plantes et des bêtes,
Ce sont de fraternels et sages compagnons,
Innocents, sérieux et doux comme vous êtes.

Devant la nuit tranquille et la bonté du jour
Ces hommes ont le cœur plein de crainte et de haine,
Et vous êtes enclin aux œuvres de l'amour
Qui répand sa rosée et ne sait pas sa peine.

— Voyez comme leur bruit et leurs emportements
Accablent le matin limpide et font injure
A la raison, ainsi qu'au juste sentiment
Qui veut que l'on choisisse et goûte avec mesure

Bondissant sous le joug de leur pesante humeur
Ils sont bandés de peur, de colère et d'envie...
Et pourtant le jour naît, suit son destin et meurt,
— Ils ne changeront rien à l'ordre de la vie.

Mon cœur, entendez-vous cet oiseau buissonnier,

Tout, en dehors de l'air étincelant, est sombre,

Voici l'été touffu, voyez ce marronnier,

Nous allons tous les deux nous vêtir de son ombre...

LES RÊVES

Le visage de ceux qu'on n'aime pas encor
Apparaît quelquefois aux fenêtres des rêves,
Et va s'illuminant sur de pâles décors
Dans un argentement de lune qui se lève.

Il flotte du divin aux grâces de leur corps,
Leur regard est intense et leur bouche attentive :
Il semble qu'ils aient vu les jardins de la mort
Et que plus rien en eux de réel ne survive.

12.

La furtive douceur de leur avènement
Enjôle nos désirs à leurs vouloirs propices,
Nous pressentons en eux d'impérieux amants
Venus pour nous afin que le sort s'accomplisse ;

Ils ont des gestes lents, doux et silencieux,
Notre vie uniment vers leur attente afflue :
Il semble que les corps s'unissent par les yeux
Et que les âmes sont des pages qu'on a lues.

Le mystère s'exalte aux sourdines des voix,
A l'énigme des yeux, au trouble du sourire,
A la grande pitié qui nous vient quelquefois
De leur regard, qui s'imprécise et se retire...

Ce sont des frôlements dont on ne peut guérir,
Où l'on se sent le cœur trop las pour se défendre,
Où l'âme est triste ainsi qu'au moment de mourir ;
Ce sont des unions lamentables et tendres...

Et ceux-là resteront, quand le rêve aura fui,

Mystérieusement les élus du mensonge,

Ceux à qui nous aurons, dans le secret des nuits,

Offert nos lèvres d'ombre, ouvert nos bras de songe.

LE REPOS

Le plaisir mystique et païen,
L'amour, la beauté, le désir
Ont plus fait de mal que de bien
A mon âme qui s'en revient
Lasse d'aimer et de souffrir.

Allez, mon âme inassouvie,
Dormir dans l'ombre le grand somme,
Ayant rêvé, par triste envie,
La joie au delà de la vie
Et l'amour au-dessus des hommes...

LES ANIMAUX

Dieux gardiens des troupeaux qui tenez des houlettes
Rendez-nous l'innocence ancestrale des bêtes ;

Afin que nous ayons l'endurance des maux,
Donnez-nous la douceur des sobres animaux.

— Faites que nous ayons dans nos peines insignes
L'isolement muet et le dédain des cygnes ;

Donnez-nous pour souffrir le destin hasardeux
L'indolence soumise et distraite des bœufs ;

Faites que notre cœur où l'enfance se fane
Ait la gaîté robuste et la candeur de l'âne ;

Donnez-nous pour lutter contre les serments faux
La défiance adroite et vive des oiseaux ;

Faites que nous ayons pour honorer nos veilles
L'activité joyeuse et grave des abeilles ;

Donnez-nous pour calmer nos désirs et nos goûts
L'insensibilité profonde des hiboux,

Et, dans les jours cruels où la raison divague,
Le calme des poissons arrêtés sur les vagues ;

Faites que nous gardions le sens mystérieux
De l'infini qui dort dans le fond de leurs yeux,

— Et délivrez nos corps, misérables en somme,
De l'âme glorieuse et maudite de l'homme !..

LA MORT DIT A L'HOMME...

Voici que vous avez assez souffert, pauvre homme,
Assez connu l'amour, le désir, le dégoût,
L'âpreté du vouloir et la torpeur des sommes,
L'orgueil d'être vivant et de pleurer debout...

Que voulez-vous savoir qui soit plus délectable
Que la douceur des jours que vous avez tenus,
Quittez le temps, quittez la maison et la table ;
Vous serez sans regret ni peur d'être venu.

13

J'emplirai votre cœur, vos mains et votre bouche
D'un repos si profond, si chaud et si pesant,
Que le soleil, la pluie et l'orage farouche
Ne réveilleront pas votre âme et votre sang.

— Pauvre âme, comme au jour où vous n'étiez pas née
Vous serez pleine d'ombre et de plaisant oubli,
D'autres iront alors par les rudes journées
Pleurant aux creux des mains, des tombes et des lits.

D'autres iront en proie au douloureux vertige
Des profondes amours et du destin amer,
Et vous serez alors la sève dans les tiges
La rose du rosier et le sel de la mer.

D'autres iront blessés de désir et de rêve
Et leurs gestes feront de la douleur dans l'air,
Mais vous ne saurez pas que le matin se lève
Qu'il faut revivre encor, qu'il fait jour, qu'il fait clair.

Ils iront retenant leur âme qui chancelle
Et trébuchant ainsi qu'un homme pris de vin;
— Et vous serez alors dans ma nuit éternelle,
Dans ma calme maison, dans mon jardin divin..

IV

« Ici encore, le fleuve coule entre les rives
herbues, c'est le bocage de l'amour. »
Anthologie grecque.

L'ARDEUR

Rire ou pleurer, mais que le cœur
Soit plein de parfums comme un vase,
Et contienne jusqu'à l'extase
La force vive ou la langueur.

Avoir la douleur ou la joie,
Pourvu que le cœur soit profond
Comme un arbre où des ailes font
Trembler le feuillage qui ploie;

S'en aller pensant ou rêvant,
Mais que le cœur donne sa sève
Et que l'âme chante et se lève
Comme une vague dans le vent.

Que le cœur s'éclaire ou se voile,
Qu'il soit sombre ou vif tour à tour,
Mais que son ombre et que son jour
Aient le soleil ou les étoiles...

LA TRISTESSE DANS LE PARC

Entrons dans l'herbe fleurissante
Où le soleil fait des chemins
Que caressent comme des mains
Les ombres des feuilles dansantes.

Respirons les molles odeurs
Qui se soulèvent des calices,
Et goûtons les tristes délices
De la langueur et de l'ardeur.

Que nos deux âmes balancées
Se donnent leurs parfums secrets,
Et que le douloureux attrait
Joigne les corps et les pensées...

L'été, dans les feuillages frais,
S'ébat, se délasse et s'enivre.
Mais l'homme que rien ne délivre
Pleure de rêve insatisfait.

Le bonheur, la douceur, la joie,
Tiennent entre les bras mêlés,
Pourtant les cœurs sont isolés
Et las comme un rameau qui ploie.

Pourquoi est-on si triste encor
Quand le destin est favorable,
Et pourquoi cette inéluctable
Inclination vers la mort...

CHANSON POUR AVRIL

Toute la nuit la pluie légère
A glissé par jets et par bonds :
Viens respirer au bois profond
L'odeur de la verdure amère.

Ton cœur est tiède, morne et las
Comme la naissante journée,
Elle sera sitôt fanée
L'amoureuse odeur des lilas,

Aujourd'hui l'âme apitoyée
Sent pleurer son vague tourment :
Viens écouter l'égouttement
Des feuilles molles et mouillées.

PLAINTE

Mets les mains sur mon front où tout l'humain orage
> Lutte comme un oiseau,
Et perpétue ainsi qu'au creux des coquillages
> Le tumulte des eaux.

Ferme mes yeux afin qu'ils soient clos et tranquilles
> Comme au fond du sommeil,
Et qu'ils ne sachent plus quand passent sur la ville
> La lune et le soleil.

Parle-moi de la mort, du songe qu'on y mène,
    De l'éternel loisir,
Où l'on ne sait plus rien de l'amour, de la haine,
    Ni du triste plaisir;

Reste, voici la nuit, et dans l'ombre croissante
    Je sens rôder la peur;
— Ah! laisse que mon âme amère et bondissante
    Déferle sur ton cœur.

LA CHAUDE CHANSON

La guitare amoureuse et l'ardente chanson
Pleurent de volupté, de langueur et de force
Sous l'arbre où le soleil dore l'herbe et l'écorce,
Et devant le mur bas et chaud de la maison.

Semblables à des fleurs qui tremblent sur leur tige
Les désirs ondoyants se balancent au vent,
Et l'âme qui s'en vient soupirant et rêvant
Se sent mourir d'espoir, d'attente et de vertige.

— Ah! quelle pâmoison de l'azur tendre et clair!
Respirez bien, mon cœur, dans la chaude rafale
La musique qui fait le cri vif des cigales
Et la chanson qui va comme un pollen sur l'air.

DISSUASION

Fermez discrètement les vitres sur la rue
Et laissez retomber les rideaux alentour,
Pour que le grondement de la ville bourrue
Ne vienne pas heurter notre fragile amour.

Notre tendresse n'est ni vive ni fatale.
Nous aurions très bien pu ne nous choisir jamais ;
Je vous ai plu par l'art de ma douceur égale,
Et c'est votre tristesse amère que j'aimais.

14.

La peine de nos cœurs est trop pareille, et telle
Que nous nous mêlerions sans nous renouveler :
Évitons le mensonge et la brève étincelle
D'un désir qui nous luit sans pouvoir nous brûler.

La vie a mal gardé ce que nous lui donnâmes,
Rien du confus passé ne peut se ressaisir :
Nous aurions tous les deux trop pitié de nos âmes.
Après l'oubli léger et fuyant du plaisir :

Car nous entendrions sangloter notre enfance
Pleine de maux secrets, toujours inapaisés,
Que ne rachète pas dans sa munificence
La réparation tardive des baisers...

CHANSON DU TEMPS OPPORTUN

Le Temps, de ses pipeaux, tire de clairs accords,
Bondissez au soleil, les âmes et les corps,

Par les chemins poudreux et la verdure épaisse
Épuisez les plaisirs, c'est la seule sagesse ;

Prenez-vous, quittez-vous, cherchez-vous tour à tour,
Il n'est rien de réel que le rêve et l'amour.

Sur la terre indigente où tant d'ombre s'éploie
Ayez souci d'un peu de justice et de joie,

Retenez, du savoir, ce qu'il faut au bonheur;
On est assez profond pour le jour où l'on meurt.

Vivez; ayez l'amour, la colère et l'envie,
Pauvres êtres vivants, il n'est rien que la vie.

« O mes humains, consolons-nous les uns les autres ! »

JULES LAFORGUE

FRATERNITÉ

La chaleur attendrit l'eau dormante et l'air bleu,
L'été vert, tout feuillu, tout fleuri, tout mielleux,
Crépite sur le bord des routes soleilleuses.
La vie afflue et joue au sein de l'herbe heureuse
Où la grasse journée embaume et se répand;
Le désir est joyeux comme un rosier grimpant,
Les soirs sont languissants et les matins robustes.
Un vigoureux feuillage arrondit les arbustes,
On sent se marier à l'ardeur du beau mois
La paix verte des champs, des étangs et des bois.

Les rousseurs du soleil traînent sur la prairie
Où se pressent le trèfle et la menthe fleurie,
Et sur l'air les parfums s'endorment, arrêtés
Dans l'engourdissement bourdonnant de l'Été...
— Tendre sœur des saisons, ô toi la plus sensible,
Voici que ceux dont l'âme est aujourd'hui paisible
Viennent vers la douceur de ta robe de thym ;
Leurs regards sont obscurs et leurs cœurs sont éteints,
Ils sont sans allégresse et presque sans envie,
Ayant beaucoup souffert des choses de la vie
Pour gagner sous les lois des hommes assemblés
Leur part de ton raisin et leur part de ton blé...
— Abaisse vers leurs fronts que la tristesse incline
Les pommiers ronds qui font de l'ombre à la colline,
Donne-leur la gaieté vive du vent salin,
De la haie où l'oiseau se loge, du moulin.
Mène vers leur douleur passive et familière
Le parfum de la vigne et des branches fruitières,
Éloigne de leurs pas la rumeur des cités,
Berce-les sur ton cœur odorant, cher été...

— Nature, il n'est pas bon que nos frères soient tristes,

Que dans l'azur vivant où ta candeur existe

Ils aient contre eux la vie et les péchés humains ;

Il n'est pas bon qu'ils aient des fatigues aux mains

Et qu'isolés aux joies du rêve et de l'étude

Nous regardions de loin leur grande lassitude.

— Nature, vous aimez les jeux de vos saisons,

Vous vous plaisez à voir reluire à l'horizon

Le doux balancement de vos tendres épis.

Alors, vous vous mêlez à l'automne assoupi,

Heureuse, ayant nourri de votre cœur la plaine,

De voir que l'orge est mûre et que la vigne est pleine

Et que les chariots, où croulent vos moissons,

Ayant repris leur route entrent dans les maisons.

Car vous ne savez pas quand vous donnez vos sèves,

Quand votre grain joyeux se déchire et se lève

Et qu'à faire le blé vous mettez tant de soins,

Que des êtres mourront d'en avoir eu besoin...

— Vous dont j'aime le goût, l'odeur, la bonne rage

Du vent, du puéril et violent orage.

15

Nature ! — je vous offre en ce mois solennel
Votre terre le pain, et votre onde le sel.
Vous si joyeuse à l'heure où le jour vient d'éclore,
Quand vous vous couronnez des roses de l'aurore,
Et si triste le soir, quand votre cœur amer
Se blesse dans la nue et saigne sur la mer,
Soyez bonne aux plaisirs et aux langueurs des hommes,
Qu'ils goûtent vos laitues, vos raisins et vos pommes,
La fraîcheur de vos eaux, le chant de vos bouvreuils ;
Donnez-leur du désir, du repos, de l'orgueil,
Et pressez contre vous sans colère et sans blâme
Les pauvres corps vivants qui sont toute notre âme...

LA JUSTICE

Voici notre désir ardent : qu'on nous envoie,
A nous qui connaissons tout le tourment humain,
Ceux que la vie exacte et soigneuse rudoie
Quand ils ont satisfait leurs plaisirs et leurs mains.

Nous avons la ferveur et la bonne science,
Qu'on nous donne tous ceux que la faim et l'amour
Ont mené durement aux simples violences
Et qu'on allait priver de l'air tendre et du jour.

Nous dirons au pécheur : je serai votre juge

Moi que le joug obscur du cœur et de la chair

A trouvé sans secours, sans lutte et sans refuge,

Et qui sais que le goût des instants est amer.

Vous êtes le proscrit, vous n'êtes pas coupable

D'avoir pris cette grappe et dérobé ce blé,

Puisque j'ai tous les jours, sans effort, à ma table,

Le pain et le plaisir que vous avez volés.

Le désir et la faim ont des raisons profondes,

On ne peut ni marcher ni respirer sans eux,

Pourtant ils ne sont pas votre part en ce monde

Où votre tâche auguste est d'être malheureux.

Vous êtes le vivant et le saignant mystère

Vous qui, plein de vouloir, de force et de besoins

Ne devez pas toucher aux arbres de la terre,

Aux jeux de la moisson, du pressoir et des foins.

— Prenez ce pain, ce vin, cet argent et ce livre,
Appuyez votre front sur le cœur des saisons,
Travaillez, — le travail et sa fatigue enivrent,
Habitez votre rêve ainsi qu'une maison,

Et puis je lui dirai : Va dans la paix, mon frère,
Si je n'avais pas eu de bonheur sous mon toit,
J'aurais peut-être fait ce que tu viens de faire,
Regarde dans mon cœur : je suis semblable à toi.

LES MALHEUREUX

Comme un troupeau de bœufs qui rentre dans l'étable,
Les pauvres gens, allez vers la tranquille mort,
Elle seule vous est clémente et favorable
Et vous accordera, sans peine et sans effort,
La maison, le repos, le plaisir et la table.

Blessés de la chaleur et tourmentés du froid,
Vous passez, foule grave et toujours étonnée,
Sachant que vous n'avez de place en nul endroit
Et que vous trouverez dans la mort fortunée
La jouissance exacte et sûre de vos droits.

Vous, à qui la clarté ne fut jamais offerte
Dans le tumulte obscur des profondes cités,
Voici que vous serez dans la campagne ouverte
Les bras pleins de loisirs, et le vent de l'été
Fera passer sur vous l'odeur des pommes vertes.

Gens qui marchez parmi les cœurs indifférents,
Vêtus d'humilité, de surprise et de gêne,
L'âpre mort vous fera monter au premier rang
Et le printemps joyeux vous portera les graines
Du pavot orgueilleux et des lis odorants.

Vous, pour qui le soleil et la lune paisible
N'eurent point de douceur et point de bons regards,
Vous dormirez les yeux tournés vers l'invisible,
Et la prudente mort sera pleine d'égards
Pour vos corps douloureux et pour vos cœurs sensibles.

Vous ne sentirez plus sur vos fronts hébétés

Couler la brume et l'eau des saisons qui s'égouttent,

Vous ne saurez plus rien des jours qui ont été,

Et le temps infini continuera sa route

Afin que votre oubli ait son éternité...

VI

« Tandis que nous vivons dans la
peine ou dans la joie, le temps vole
et se précipite.

» O race humaine entraînée vers la
tombe et là réduite en poussière ! »

Anthologie grecque.

LA TERRE

Vous en qui le sommeil du monde est enfermé,
Terre de bon repos et de longues délices,
Dont le cœur ténébreux et rude est parfumé
Par les cèdres profonds et la douce réglisse,
Vous êtes l'urne auguste où les temps sont groupés,
La Nature sur vous se balance et s'égoutte
Comme un feuillage épais que la pluie a trempé
Et qui laisse pleuvoir son onde sur la route...
— Les abeilles des champs doriens, les étés,

\ La jeunesse odorante et chaude de la terre,

Les bois où les bergers de l'Hellas ont chanté,

Les plaisirs et les jours, c'est vous sainte poussière !

C'est vous toute la gloire et tout l'amour humains,

Le corps d'Iphigénie et le cœur de Virgile

Et Chloé qui tenait des roses dans ses mains

Ont mêlé leur substance ardente à votre argile.

Vous êtes un autel rustique, où s'accomplit

Tout le mystérieux et fixe destin : l'homme

Vous apporte son cœur quand il l'a bien empli,

La mer son coquillage et le sapin sa gomme.

— Voici le champ fertile où l'humanité dort,

La couche aux plis profonds où *tout entre et repose*,

Le nocturne jardin où les houilles et l'or

Accueillent la venue éternelle des choses.

Tous ceux qui sous le ciel léger ont enseigné

La volupté riante et la bonne science,

Ont connu vos tombeaux et les ont imprégnés

D'une minutieuse et parfaite alliance.

C'est vous tous les désirs, c'est vous tous les efforts,

La corbeille où les fruits du lourd automne roulent,

La place populeuse où se pressent les morts,

C'est vous le pays large et sûr, c'est vous la foule!...

— Mon cœur plein de raison et plein d'orgueil humains

Nous aussi nous irons vers ces frères sans nombre,

Et je vous porterai devant moi, dans mes mains,

Pour que votre chaleur éclaire toute l'ombre...

LE TEMPS DE VIVRE

Déjà la vie ardente incline vers le soir,
    Respire ta jeunesse,
Le temps est court qui va de la vigne au pressoir,
    De l'aube au jour qui baisse,

Garde ton âme ouverte aux parfums d'alentour,
    Aux mouvements de l'onde,
Aime l'effort, l'espoir, l'orgueil, aime l'amour,
    C'est la chose profonde;

16.

Combien s'en sont allés de tous les cœurs vivants
    Au séjour solitaire
Sans avoir bu le miel ni respiré le vent
    Des matins de la terre,

Combien s'en sont allés qui ce soir sont pareils
    Aux racines des ronces,
Et qui n'ont pas goûté la vie où le soleil
    Se déploie et s'enfonce,

Ils n'ont pas répandu les essences et l'or
    Dont leurs mains étaient pleines,
Les voici maintenant dans cette ombre où l'on dort
    Sans rêve et sans haleine;

— Toi, vis, sois innombrable à force de désirs
    De frissons et d'extase,
Penche sur les chemins où l'homme doit servir
    Ton âme comme un vase,

Mêlé aux jeux des jours, presse contre ton sein
La vie âpre et farouche ;
Que la joie et l'amour chantent comme un essaim
D'abeilles sur ta bouche.

Et puis regarde fuir, sans regret ni tourment
Les rives infidèles,
Ayant donné ton cœur et ton consentement
A la nuit éternelle...

TABLE

———

I

II

V

VI

IMPRIMERIE CHAIX

20, rue Bergère, 20.

PARIS